AF196453

WAHRHEITSMAGIE

geboren aus Lust

Yvette Yawl

© 2023 Yvette Yawl

Cover: Yvette Yawl
Coverillustrationen: stock.adobe.com - warmtail
und mithilfe von canva

ISBN Softcover: 978-3-347-93536-5

ISBN Hardcover: 978-3-347-93537-2

Druck und Distribution im Auftrag des Autors:
tredition GmbH, An der Strusbek 10, 22926 Ahrensburg,
Germany

A slice of life

aus dem Leben
der Wahrheitsmagierin Kaiji

Enthält explizite Szenen

Über den Autoren

Yvette Yawl verspürte von Kindesbeinen an eine seltsame Faszination für das Meer, Wasser und allem darin, sowie phantastische Geschichten.

Sie liebt es, eigene Welten und Orte zu erschaffen und über die See zu lesen. Mit *Meergeschehen* hat sie sich eine eigene Welt gebaut, in der sie beide Faszinationen ausleben kann: Phantastische Abenteuer im und um die See garniert mit prickelnden Momenten. Von slice of life bis hin zu großen Abenteuern begleitet Meergeschehen verschiedene Heldinnen auf einem Stück ihres Lebens.

Weil ungewöhnliche Wege

manchmal Wunder

wirken können.

Inhaltsverzeichnis

Prolog

»Das war meine letzte Schlacht.«

Der Thronsaal war der größte Raum der Burg – größer noch als der Speisesaal. Ein Teppich führte von den hohen Flügeln der Eingangspforte zu dem Thron, der auf einem Podest verweilte. Statuen der Königsväter reihten sich entlang des Teppichs an den Wänden. Zwischen jeder Einzelnen durchbrach ein Fenster die Wand und brachte Licht und Wärme. Der Saal war schlicht, nur Stein um Stein, sah man von den Statuen ab, die detailreich angefertigt worden waren: Das warme Lächeln eines Königs war ebenso eingefangen, wie der stoische Blick eines anderen. Ihre Kleider wallten über die Sockel. Kaiji fühlte sich von den Statuten beobachtet – immer schon. Heute jedoch war das Gefühl besonders intensiv. Als ob sie von ihrer Magie wussten und ihr neu entdecktes Lechzen nach Berührungen verurteilten. Es war Einbildung, sie wusste es und strafte ihre Schultern.

Erst der Thron und die hohen Wandteppiche dahinter konnten mit den Detailreichtum der Königsväter mithalten. Bunte Stickereien erzählten von der Geschichte Gales – von Schlachten und Siegen. Vom Aufstieg eines kleinen Fischerdorfes zu einem eigenen Königreich. Der Thron selbst ehrte diese Herkunft: ein Sessel aus Holz und Kissen kunstvoll verziert mit Schnitzereien von Fischen und Boten, Netzen und Angeln. Ein seltsamer Anblick und dennoch war sie stolz auf diese Geschichte und ihre eigene Herkunft.

»Deine Letzte?« So wenig wie der König auf seinem Thron saß, so wenig kniete Kaiji vor ihm. Waren sie zu zweit, ignorierten sie die Etikette. Sie mochte seine oberste Magierin sein, er ihr König. Aber sie kannten sich so lang und hatten so viel erlebt, dass sie mehr verband als eine reine Befehlskette. Sie waren Vertraute, Freunde gar und dieses Gespräch war keines zwischen einem Herrscher und seiner besten Magierin. Es war eine Unterhaltung zwischen Freunden. »Was hat das zu bedeuten?«

»Ich werde kein weiteres Mal mit Euch in die Schlacht ziehen. Oder in See stechen.« Kaiji versuchte, der Situation mit einem Lächeln die Schwere zu nehmen. Es gelang ihr selbst nicht ganz. Sie schmeckte das Salz der See noch auf ihren Lippen und spürte den Rausch der Freiheit noch in ihren Adern. Sie waren gerade erst von ihrer letzten Reise zurückgekehrt, die sie bis an den Rand des Reiches geführt und ihr Feuer im Kampf gegen Inselräuber gefordert hatte. Dennoch fühlte es sich richtig an, das alles hinter sich zu lassen – ein Abschied war auch immer ein erster Schritt in eine neue Welt und sie wollte diesen unbedingt gehen.

»Und das Kämpfen?«, fragte er. Er wirkte verloren zwischen Thron und Statuen obwohl er sie überragte und von seinem Podest aus musterte.

»Keine Kämpfe mehr.« Ihre Hände kribbelten. Kaiji ignorierte es. Ihre Magie hatte anderes mit ihr vor, als sich beständig im Kampf mit anderen zu messen, und Luft mit Rauch, Asche und Hitze zu füllen. Auch wenn sie es vermissen würde.

»Du willst es aufgeben?« Sein Unglaube erfüllte den Thronsaal. Eine schiere Wand, die unüberwindbar erschien und sich doch nur nach einer einzigen Sache sehnte: Beschwichtigung. »Wo du es bist, au die ich immer zählen kann?«

Kaiji würde ihre Meinung nicht ändern. Die Flammen ihrer Magie mochten einst die Kraft gewesen sein, die ihnen Sieg um Sieg in Schlachten eingebracht und vor denen sich ihre Feinde gefürchtet hatten. Ihre Asche und Rauch waren es gewesen, durch die Schreie der Gnade gegellt hatten. Doch Kaiji hatte schon immer gewusst, dass unter den Flammen mehr schwelte: Eine zweite Magie, die im Rauch flüsterte, sich unter der Asche regte und deren Stimme lauter geworden war, je häufiger sie die Flammen rief. Die Stimme hatte Bilder gebracht – undeutliche Hoffnungsfunken, berührte sie jemanden. Visionen kamen sie einander näher.

Kaiji hatte angefangen, danach zu lechzen. Ihr Kopf wollte die Visionen sehen und die undeutliche Hoffnungsfunken in Wahrheiten verwandeln. Ihr Körper hingegen sehnte sich nach den Berührungen: Finger, die ihre Brüste streichelten und ihre Knospen berührten, Hände, die ihre Seiten packten und sie ins Bett drückten. Jemand, der ihre Beine spreizte und sie mit einem Selbstverständnis nahm, als gehöre sie ganz allein ihm und keinem anderen. Der Gedanke allein reichte, ihrer Mitte Wärme zu schenken. Wärme und ein sehnsuchtsvolles Ziehen.

»Ja«, antwortete sie schlicht. Das Feuer in ihr würde nie ganz verlöschen. Aber sie wollte, dass es zu einem hübschen Spiel zwischen ihren Händen wurde und keine Macht mehr, die andere in die Knie zwang. Ihre Flammen mochten stark sein, aber die andere Magie in ihr war stärker. »Und ich bitte Euch, mir bei dieser Entscheidung zu vertrauen.«

Um ihren Körper wallte Nebel auf. Hitze hatte ihre alte Magie gebracht. Ihre Neue war erfühlt von undurchsichtigen Schwaden, die zu ihr sprachen und ihr halfen, im Trüben nach der Wahrheit zu fischen. Sie mochte die Kühle, die mit dem Nebel kam. Auf ihrer Haut war es eine angenehme Wohltat. Eine, die sie erschaudern ließ und nach der sich ihre Knospen sehnten. Der Nebel hüllte den Saal ein. Nur das Licht, das in sanften Strahlen durch die Fenster brachen, blieben unberührt – Licht war etwas Besonderes. Für sie und für die Zukunft.

»Hör auf dich zu verstecken!« Der König schüttelte den Kopf. Seine Lippen waren zu schmalen Strichen in seinem gutaussehenden, kantigen Gesicht geworden. Blässlich, wie alles blässlich in dem Nebel wirkte. »Ich will dich sehen, wenn wir das besprechen, und durch die Schwaden kann ich nichts erkennen.«

»Natürlich nicht.« Sie hob eine Hand. »Man braucht den Funken der Erkenntnis, um durch den Schleier blicken zu können.« Jene Macht, die in ihr schwelte und nur darauf wartete, dass sie sich vom Feuer abwandte und sich ganz ihr hingab. In den Nächten tat sie es bereits. Alleine in ihrem Bett hatte sie angefangen, über ihren Körper zu streicheln, ihre Brüste zu massieren und zwischen ihre Beine zu wandern. Ihr leises Keuchen war ein Begleiter dunkler Nächte geworden und je häufiger sie es getan hatte, umso mehr sehnte sich ihre Perle danach, gestreichelt zu werden. Sehnte sich ihr Körper danach, von Wellen der Lust davon gespühlt zu wer-

17

den. Sie wollte es nicht länger zurückhalten.

»Behalte deinen kryptischen Unsinn für dich.« Sie antwortete gerne indirekt auf gestellte und ungestellte Fragen. Er würde schon noch verstehen, was sie meinte. So, wie er es immer tat, trafen sie sich hier, um über Dinge zu reden.

»Du bist die oberste Magierin, Kaiji. Hast du daran gedacht, was passiert, wenn du gehst? Wer deinen Platz einnehmen und die Magier leiten könnte?« Er schnaubte. Aber es galt nur zu teilen ihr. »Meine Feldherren sind schlau. Aber niemand von ihnen wird einen Magier auf dem Feld oder einem Schiff einzusetzen wissen. Nicht so wie du.«

Ein Lichtschimmer tauchte zwischen den Nebelschwaden auf und glänzte undeutlich zwischen den Sonnenstrahlen. Kaiji erkannte ihn dennoch sofort. Ein Hoffnungsfunke, wie sie ihn in den letzten Wochen und Monaten häufig gesehen hatte. Wärme flutete ihren Körper und mit der Wärme kam ein angenehmes Kribbeln. Kaiji erschauerte. Ihre

Knospen drückten sich gegen ihr Gewand. Die Magie wirkte, wenn auch schwach. Sie brauchte Berührungen und Nähe, um zu erstrahlen. Lust.

»Bin ich jemals zu euch gekommen, ohne einen Vorschlag wohldurchdacht zu haben?«, fragte sie. Kaiji erwartete keine Antwort, sie kannten sie beide. »Es gibt genug andere Magier, die der Aufgabe gewachsen sind. Das wisst Ihr ebenso gut wie ich.«

Ihre Lust erblühte gerade erst. Es reichte nur für Hoffnungsfunken und offensichtliche Wahrheiten: In Schlachten konnte sie nicht überall sein und Befehle erteilen. Weder an Land noch auf See. Wo ihr Wort fehlte, gab es andere Magier, die durch die Kämpfe führten. Nicht jeder von ihnen beherrschte die Flammen. Doch Sturm und Flut waren ebenso mächtig und selbst jene, die nur Segnungszauber zu weben vermochten, konnten führen. Es kam nicht auf die Macht der eigenen Magie an. Viel wichtiger war, dass man einzuschätzen wusste, wessen Kräfte man wo am besten gebrauchen konnte.

»Vielleicht.« Wie immer, wenn er ihr Recht gab, wandte er den Blick ab. »Aber keiner kann dir das Wasser reichen.«

»Ihr müsst ihnen nur die Möglichkeit geben, sich zu beweisen.« Als Flammenmagierin war sie nichts Besonderes. Ihre Fußstapfen waren nicht groß, er machte sie nur größer, als sie waren. Jeder könnte sie ausfüllen. Ihre andere Magie hingegen konnte ihr zu wahrer Größe verhelfen und mit ihr auch dem Reich. »Habt Mut.«

»Mut«, wiederholte er. Er schloss die Augen. Seine Hände streiften einen Knopf an seiner Prunkhose. Mit dem Finger fuhr er den Umriss wieder und wieder nach. Kaiji konnte den Blick nicht davon abwenden. »Du weißt, wie schwer mir das fällt.«

»Ja.« Kaiji lächelte. Stünden die Treppenstufen nicht zwischen ihnen, hätte sie ihn sanft berührt. Sie war es immer gewesen, die ihn zu Änderungen überredet hatte, die ihm und dem Reich guttaten.

»Aber ich weiß auch, dass Ihr mutig sein könnt.«

»Was hast du vor?« Er verzog die Lippen zu etwas, das ein trauriges Lächeln oder doch nur bloße Grimasse sein konnte. Es entstellte ihn nicht, es war nur ein Ausdruck seiner Gefühle. Es schmerzte, ihn so zu sehen. »Du kannst doch gar nicht ohne Magie.«

»So wenig wie Ihr ohne Eure Waffe.« Sie schenkte ihm ein warmes Lächeln. Selbst jetzt trug er einen Dolch zur Zierde an seinem Gewand.

»Und würde es dich da nicht auch überraschen, wenn ich plötzlich davon abschwören würde?« Er sah sie erwartungsvoll an. »Also, was hast du vor?«

»Wahrscheinlich«, antwortete sie. Aber Kaiji würde dennoch davon ausgehen, dass es einen triftigen Grund gäbe.

Die Schwaden liebkosten ihren Körper und aus dem Nebel schälte sich ein weiterer Lichtschimmer. Das Kribbeln in ihr wuchs an und ihr Blick glitt von seinem Gesicht hinab zu seinem Finger, der noch immer den Knopf liebkoste. Sie wünschte, sie wäre es, die er streichelte. Entlang ihrer Brüste, um den Bauchnabel, ihre Schenkel auf und ab. Ein Schauer jagte durch ihren Körper. In ihrem Hals steckte ein Seufzen. Sie schluckte es hinunter. Der Nachhall des Schauers jedoch blieb und brachte eine angenehme Wärme mit sich, die in ihrem Bauch kreiste.

»Hiermit.« Eilig deutete sie auf das Licht. Ihre Stimme war rau geworden und ihre Knospen glitten über den Stoff ihres Obergewands. Ein weiterer Schauer folgte. Sie durfte ihm nichts davon zeigen – noch nicht. »Werde ich Euch beraten.«

»Mit Licht?«, fragte er. Seine Mundwinkel zuckten. »Du hattest schon viele waghalsige Ideen, aber diese übertrifft alles.«

Dennoch hatte er ihr stets vertraut und sie ihm.

»Vielleicht beruhigt es Euch, wenn ich Euch etwas dazu verrate?« Kaiji kam näher und mit jedem Schritt wurde sein Geruch intensiver. Sandelholz und der Duft der See. Sie hatte ihn so oft wahrge-nommen. In diesem Moment aber war er berau-schend. Ihr Herz hämmerte und sie konnte nicht an-ders, als tief einzuatmen. Er erfüllte sie. »Es ist kein Licht, es ist Magie.« In ihrem Bauch zog Lust seine Kreise. Prickelnd, aufgeregt und warm und mit jedem Atemzug wanderte die Lust tiefer. »Und mit dieser Magie kann ich Euch durch jede Widrig-keit leiten. Die Wahrheit ruht in mir.«

Sein Hemd raschelte, als er näher kam. Sein Ge-ruch wurde intensiver und mit ihm das Verlangen in ihr. Die Magie hungerte, sie hungerte und alles in ihr schrie danach, ihn zu berühren. Ihn zu spüren. »Welche Wahrheiten?«

»Alle.« Sie lächelte, anstatt ihn zu berühren. Zwang ihre Worte formell über ihre Lippen. Ihre Stimme bebte. Er sagte nichts dazu. »Ich kann sie alle sehen, wenn Ihr mich lasst.«

»Du verlangst zu viel von mir, Kaiji.« Er kreiste schneller um den Knopf. Es sollte ihre Knospe sein, nicht dieses Ding! »Dein Feuer hat uns viele Siege geschenkt, ich kann nicht einfach darauf verzichten. Das Reich braucht dich. Ich… «

»Ihr werdet auch ohne mich siegen. Wahrheit ist Macht, mein König. Mehr noch, als es mein Feuer jemals sein könnte.« Kaiji berührte seine Schulter. Ihr Daumen kitzelte seine Haut und eine Welle der Lust überrollte sie. Ihr Griff wurde fester. Das Samt seines Hemdes schmiegte sich weich gegen ihre Hand. Die Wärme seiner Haut hingegen war verführerisch. Er sah auf und ihre Blicke trafen sich. Gefangen in Sturm und Flut ihrer Augen, die mit der Macht der Wogen Erkenntnis ans Ufer spülte. Einmal hatte er gesagt, er fand ihre Augen faszinierend wie beängstigend zugleich. Auch seine waren schön. Honigwarm wie das Licht im Nebel schimmerte und so ehrlich, wie nichts anderes auf der Welt. Sie wollte seinen Blick gefangen halten, während ihre Hände seinen Körper liebkosten. Sehen, wie die Wärme zu Lust und Verlangen wurde. Ihr

Daumen zog kleine Kreise auf seiner Haut.

»Lasst Ihr mich diesen Schritt gehen, werdet Ihr nie wieder Entscheidungen abwägen oder aus dem Bauch treffen müssen. Niemand wird mehr bangen müssen, ob Eure oder die Strategien Eurer Feldherren erfolgreich sein werden.« Ihr war es, als würden die Worte nicht ihr selbst entspringen, sondern der Magie – der Wahrheit. Lediglich der Nachdruck war ihr eigener und die Hoffnung, die sie in die Sätze legte. Wenn es funktionierte, könnten sie, könnte er! Er streifte ihre Hüfte.

»Wenn Ihr mich diesen Weg gehen lasst, kann ich die Wahrheit all Eurer Entscheidungen sehen, bevor Ihr den ersten Befehl gesprochen habt.« Und alles, was sie dazu brauchte, waren Berührungen, war Nähe. War er oder jeder andere, der Teil der Wahrheit war.

Er legte eine Hand auf ihre und brach die Macht ihrer Augen. »Das ist Unsinn.«

Ein neues Licht erschien. Es hüllte sie ein, die

Vorhänge, die die nackten Wände hinter dem Thron verdeckten und den Thron selbst, der unter Kissen und Samt ächzte.

»Nein«, sagte sie und beobachtete das Licht. Jetzt, wo sie einander berührten, schimmerte der Funke in Form einer Rune. »Das ist genauso Magie, wie es mein Feuer war und der Nebel um uns ist.«

»Er gefällt dem Haushofmeister nicht«, sagte er unvermittelt. Die Rune verblasste, und was blieb, war ein Pulsieren in ihr, das wollte und sich doch fragte, was gerade passierte. Es war nicht das erste Mal, dass sie in der Burg die Nebel beschworen hatte. Magie war ihr eigen und sie umgab sich nur zu gerne auch damit. Es fühlte sich einfach viel zu gut an, um darauf zu verzichten.

»Was?« Kaiji blinzelte. Der Themenwechsel war viel zu abrupt gekommen. »Der Stoff wird feucht, die Räume muffig. Er ist dem Nebel wirklich nicht sehr zugetan.«

»Er wird sich sicherlich daran gewöhnen können?« Kaiji suchte seinen Blick und fand ihn nicht. Eine dunkle Haarsträhne verdeckte die Augen des Königs. »Immerhin hat er sich auch an mein Feuer gewöhnt.«

»Er hat sich nie daran gewöhnt.« Der König schüttelte den Kopf und lächelte schief. »Er hat nur aufgehört, offen darüber zu reden.«

»Oh.« Kaijis Hände spannten sich an. »Ich hab wirklich gedacht …«

Sie spielte gerne mit Feuer. Ein Flämmchen hier, ein Feuerchen da. Neben der Kraft in einem Kampf war es auch eine hübsche Spielerei gewesen, die wärmte und Licht in dunklen Nächten gespendet hatte. Der Geruch war für sie ein Übel gewesen, das sie zu ertragen bereit gewesen war. Mit dem Nebel hatte sie es ähnlich gehalten, waren die Sommertage zu heiß geworden. Oder die Nächte zu einsam und ihre Lust zu groß. Warum hatte nie jemand etwas gesagt?

Der Nebel schwand, wie er gekommen war, und zurück blieb sie, blieb er in diesem Thronsaal. Zwei Personen inmitten von Sonnenstrahlen, die durch die Fenster drangen und in deren Licht ihre Funken glommen. Sie waren kaum zu erkennen, nur ein Glitzern zwischen vielen. Im Zwielicht zwischen Dunstschwaden hatte es ihr besser gefallen.

»Wie gelangen wir an diese Wahrheit?« Er wandte sich zu ihr um und unter den Haarsträhnen blitzten seine Augen. Etwas um seinen Mund zuckte und Kaiji atmete auf. Er war interessiert und mit seinem Interesse erblühte die Sehnsucht in ihr von Neuem. Es könnte klappen, sie musste ihn nur vollends überzeugen.

Sie trat näher an ihn und streckte ihre Hand nach seiner Wange aus. Der Stoff ihrer Kleider raschelte übereinander. Sachte berührte sie ihn. Er schmiegte sich an sie und schloss die Augen. Seine Haut war angenehm warm.

»Es wird Euch gefallen.« Sie kannten sich lange,

hatten so viel zusammen erlebt. Sich nahezukommen war da nichts Neues für sie. »Vertraut mir, ja?«

Sie strich über seine Wange, das markante Kinn hin zu seinem Nacken und zeichnete kleine Kreise auf seiner Haut. Ihr Atem floss um seine Lippen. Dann küsste sie ihn. Ihre Zunge fuhr seine Lippen nach und bereitwillig öffnete er seinen Mund. Ein leises Seufzen entkam ihr. Ein Schauer erfasste sie, als seine Zunge ihre berührte und sie zu einem Tanz forderte.

Er schob sie zum Thron, zog sie auf seinen Schoß und stieß die Kissen achtlos davon.

»Wenn es so losgeht«, flüsterte er zwischen zwei Küssen. Sein heißer Atem streifte ihre Haut. Kaiji erschauderte und die Lust in ihr brach sich Bahn. Endlich. »Bin ich sehr an dieser Magie interessiert.«

Seine Hand schob sich unter ihr Oberteil und umfasste ihre Brust. Seine Daumen drückten ihre harte Knospen, die Finger gruben sich in die Seiten ihrer Brüste. In ihrer Mitte schwoll er an und das einzige, was sie noch trennte, war diese lästige Kleidung.

»Lasst mich nachhelfen.« Ihre Lippen streiften sein Ohr, ihre Finger fuhren seine breiten Schultern nach. Dann schnippte sie und Haut lag auf Haut. Er grollte.

Sie hatten es noch nie auf dem Thron getan. Aber ihn hier zu reiten fühlte sich so gut und richtig an. Sein Penis zuckte in ihr, seine Hände griffen in ihre Seiten und zogen sie näher.

»Mach schneller«, befahl er heiser.

Kaiji kam der Bitte nur zu gerne nach. Ihre Hüften rollten über seinen Schoß, sein Penis stieß tief in sie. Ihre Brüste wippten vor seinen Augen und er schnappte mit den Lippen danach. Biss, saugte, knabberte. Die Lust überrollte sie mit jedem Stoß, mit jedem Stöhnen und der Saal erstrahlte im Licht unzähliger Funken.

Beraterin formte das Licht auf ihrem Arm und

wandelte sich zu einer Rune.

Von jetzt bis in alle Zeit.

Ihre Wahrheit.

Eine andere:

Ob klarer Sieg,

ob drohende Niederlage,

dieses Königreich wird nicht fallen, so lange

jemand nach der Wahrheit sucht.

So lange jemand zu mir kommt, der Teil der

Wahrheit ist,

kann ich die Nebel lüften, die die Wahrheit

verschleiern

und Euch und euresgleichen leiten.

Vertraut Ihr mir?

Kapitel 1

Gale

Turm der Magierin

10 Jahre später

Ihr Körper brannte.

Ein Meer aus Flammen, das über ihre Haut brandete und über ihre Lippen platzte. Schreie gellten durch die Stille. Rufe aus Asche und Rauch, die den Himmel fraßen, bis der Tag zur Nacht geworden war. Ihre Augen tränten und die Welt verschwamm – das Meer, die Stadt, ihr Turm. Jeder

Atemzug kratzte und schmerzte.

»Wir brauchen deinen Rat!« Aus dem Rauch schälten sich Stimmen und Hände: flehende Worte, Rufe voller Tränen und Angst. Finger gruben sich mit der Kraft der Verzweiflung in ihre Roben und klammerten sich an sie, wie ein Ertrinkender sich ans Festland klammerte. »Gib uns Einsicht in die Wahrheit!«

Jemand öffnete ihre schlanken Schenkel. Raue Hände glitten über ihre Brüste und liebkosten ihre Seiten, während Lippen über ihren Hals wanderten, ihren Mundwinkel küssten und schließlich von ihren Lippen kosteten. Sie gab sich den Lippen hin, den Händen, den Liebkosungen und stöhnte lustvoll auf, als ein Stoß sie weitete.

Kaijis Hände krallten sich in den kalten Mauerstein. Knöchel knackten und ein eisiger Schauer breitete sich in ihr aus. Sie zwang sich, zu atmen. Frische, klare Luft ihres Turmzimmers; und schüttelte den Kopf. Es war nur eine Vision gewesen.

Die Bilder verblassten. Das Gefühl von Händen auf ihrer Haut schwand und sie lauschte in die Stille. Kein verzweifelter Schrei war zu hören. Nur ihr Atem. Die Lichtmale auf ihrer Haut spannten und schmerzten.

»Das kann nichts Gutes bedeuten.« Nebel wallte auf und hüllte sie ein. Die Schwaden lenkten sie aus ihrer Kammer hinaus zur Empfangshalle ihres Turms. Die Halle war klein, wie es jeder Raum ihres Turms war. Doch die Fenster ließen ihn groß und einladend wirken. Lichtgeflutet und warm. Kaiji sah zu einem Fenster, das sich leise öffnete. Hier oben waren die Brisen lau und die Wolkenfrische nah. Jede Böe hatte die Vertrautheit einer Freundin, die ihr durch die Haare strich. Nur nicht heute. Im Wind lag etwas Unerwartetes, dass ihr bitter auf der Zunge lag. Ihr Körper fröstelte, ohne kalt zu sein: Die Luft schmeckte nach Staub und Angst.

Kaiji sah aus dem Fenster. Wasser brandete gegen die Burgmauern. Die Sonne glitzerte auf dem feuchten Stein. In Mauerrillen glänzten Algen und Muschelreste. Im Hof hingegen stolperten Magier und Krieger kopflos durcheinander. Die sandigen Wege waren staubverhangen, die gezogenen Waffen hingegen war eindeutig: Man rüstete zum Kampf.

»Gegen wen?« Kaiji runzelte die Stirn. Fetzen ihres Traums blitzten in ihrem Kopf auf. Feuer und Flammen. Raue Hände auf ihrer Haut. Eine weitere Brise wischte sie hinfort und brachte Flüstern. Kaiji verstand kein Wort, sehr wohl aber die Verzweiflung und die Unruhe, die mitschwangen. Es war lange her, dass sie die Krieger des Königs so erlebt hatte. Ihr Blick wanderte weiter. Für jede Änderung gab es einen Grund. Für diese einen Triftigen, warnte die Magie selbst sie und schenkte ihr Visionen.

Zwischen schäumender Gischt und brandenden Wellen hockten Schiffe auf dem Meer. Kanonen füllten die Decks, Kugeln stapelten sich, wo sonst nur blankes Holz zu sehen sein sollte und ihre Rohre zielten auf den Stadthafen und die Burgmauern.

»Eine Blockade.« An den Masten hing nicht die Flagge des Königs – ihr Turm auf schwarzem Grund umgeben von goldenem Leuchten – und niemand trug das Blau der Seefahrer. Es war ein feuriges Rot, das auch den Stoff ihrer Segel zierte. Inselräuber.

Die Lichtmale auf ihrer Haut zogen. Kaiji legte eine Hand auf ihren Arm und der Nebel kam. Die Schwaden brachten feuchte Kühle. Doch so angenehm es auch war, es hielt nur wenige Augenblicke an. Kein gutes Zeichen. Kam nicht bald jemand, wäre das Schicksal dieser Stadt besiegelt. »Ist bereits jemand auf dem Weg hierher?«

Es blieb stumm im Turm. Der Wind trug nur weiter sein Rauschen an ihre Ohren und das unverständliche Befehlsgeflüster. Die Truppen wirkten kopflos. Hoffentlich, weil ihr Feldherr in einer Besprechung mit dem König steckte und nicht, weil die Angst ihren Verstand lähmte.

»Ja«, antwortete eine Stimme. Der Nebel, der mit ihr die Einsamkeit des Turms teilte. »Er kommt durch die langen Gänge. Eine Flügeltür noch und ihn trennen nur noch die Treppen von uns.«

»Gut.« Kaiji nickte. Dann schlich sich ein Lächeln auf ihre Lippen. Die rauen Hände aus ihrem Traum hatten sich gut auf ihrem Körper angefühlt. Auch ihre Magie reagierte mit einem freudigen Kribbeln, das in ihren Fingerspitzen begann, ihre Knospen erfüllte und ihre Mitte erwartungsvoll zusammenziehen ließ. Wärme flutete sie. »Er könnte deine Hände fesseln, deine Beine spreizen und dich nehmen. Seine Hände an deinen Brüsten und mit jedem Stoß rollt er deine Knospen in seinen Fingern.«

Kaiji schloss die Augen und genoss die Vorstellung. »Ja.«

»Oder dich auf den Tisch drücken und sich zwischen dich drängeln. Eure Zungen gefangen in einem wilden Kuss, eine Hand an deiner Brust, die andere hält dich fest.« Im Turm raschelte es. »Ich höre seine Schritte.«

Die Runen summten und für einen Moment übertünchte es das Brennen und Spannen. Dann hörte sie Schritte durch die Leere hallen. Ein Schnaufen gesellte sich schnell hinzu, doch es blieb alleine. Ihr Turm thronte hoch über dem Rest der Burg. Der Weg war anstrengend und viele stöhnten alleine deshalb auf. Dieses Schnaufen hingegen war viel mehr ein langer Atemzug gewesen und statt Erschöpfung schwebte Ungeduld und Frustration über den Treppenstufen.

Neben der gewundenen Treppe trennte eine Eichentür sie vom Rest der Burg. Holz, das in diesen Breiten so selten war, wie andernorts das Wasser vor ihrem Fenster. Er stoppte davor, Kaiji spürte ihn zögern. Wie ein zweiter Windzug jagte sein Atem durch die Ritzen der Eichentür. Entlang der

Lichtmale stellten sich ihre Härchen auf. Seine Präsenz war überdeutlich. Jemand Wichtiges – natürlich in dieser Situation schickte man nicht irgendwen. Ihr Blick glitt zurück zur See. Die Schiffe waren eine Wand.

»Er soll eintreten«, grollte der Nebel. »Nicht zögern.«

Augenblicke verstrichen, die er unbewegt verweilte, atmete. Seine Hände ballten sich zu Fäusten, sein Kiefer knirschte. Kaiji schüttelte sich. Der Nebel ließ sie alles vor der Tür unnatürlich laut wahrnehmen.

»Er zögert zu lange. Hoffentlich geht er nicht.«

»Ich hoffe es auch.« Kaiji atmete tief ein. Frustration. Dieser Mann atmete sie mit jeder Faser seines Körpers aus und ihr fiel kaum etwas anderes auf. »Aber wird er gehen, ist das Schicksal dieser Stadt besiegelt.«

Für einen Moment schmeckte die Luft nach Asche, und Rauch kratzte in ihrem Hals. »Er wäre der Erste, der diese Entscheidung trifft.«

Der Erste, der alles riskierte. Kaiji wusste nicht, ob sie ihn für diesen Mut bewundern sollte oder nicht. Es lag lange Jahre zurück, dass jemand auf dieser Insel eine wichtige Entscheidung getroffen hatte, ohne sie vorab aufzusuchen. Dennoch konnte Kaiji nicht abstreiten, dass er ihr auch irgendwie gefiel. Er war der Erste andere – und erste Male waren immer etwas Besonderes.

Seine Hand hob sich ans Holz und noch bevor sein Klopfen die Halle erfüllte, hatte er die Tür aufgerissen und stapfte hinein. Sein Blick schweifte umher, ohne dass er den Kopf bewegte.

Kaiji schenkte ihm ein Lächeln, wie sie jedem ihrer Besucher eines schenkte. »Was kann ich für dich tun?«

Er war nicht magisch. Ein Mann des Krieges, gehüllt in eine Rüstung. Es war keine Paraderüstung, wie sie es von anderen kannte. Diese hier war für den Kampf geschaffen und mit all den Kratzern, die darin glänzten, hatte sie mehr als eine Schlacht erlebt. Sein Gesicht wirkte ernst und kalt unter den Stoppeln seines Barts. Das Haar jedoch stand wild von seinem Kopf, als hätte es seinen eigenen Kampf gerade erst gefochten. In seinen Augen tobte ein Sturm: Ein helles Braun, durch das dunkle Punkte stoben. Nicht warm, nicht kalt. Frustriert – wie alles an ihm. Sie konnte den Blick kaum davon abwenden, drohte vom Sturm mitgerissen zu werden. Ein Spiel aus Punkten, ein Wirbel, bis sie die Tiefen seiner Seele sehen konnte. Sie fand den ersten Funken der Wahrheit dort: seinen Namen. »Nathaniel.«

Nathaniel hatte feingeschwungene Augenbrauen. Ein Gegensatz zum Rest seiner Erscheinung. Doch so, wie sie sich seine Stirn hinaufschwangen und für kleine Falten in seinem Gesicht sorgten, passte es zu ihm.

»Du kennst meinen Namen?« Seine Stimme war dunkel, raumeinnehmend. Sie jagte ihr einen angenehmen Schauer über den Rücken. Die Stimme eines Anführers, der man gerne lauschte, vertraute und folgte. Kaiji war gespannt, was er ihr zu sagen hatte. »Der König schickt mich.«

Der Bass seiner Stimme vibrierte und in ihrem Bauch kribbelte es.

Kaiji glitt um ihn. Kratzer saßen auf dem Metall seiner Rüstung, dennoch glänzte sie ihr stolz entgegen. Die Schwertklinge war poliert, die Kleidung saß akkurat. Er hatte nicht gekämpft – höchstens um Worte in einer Unterredung mit dem König –, sondern kam aus dem Truppenchaos. Seine Stiefel waren staubig.

Seine Hand schnellte vor und stoppte sie. In seinen Augen schimmerte etwas Dunkles. Ein Sturm aus Emotionen, die sie nicht einzuordnen wusste. Sie hielt ihm stand. »Also, Trickserin.«

»Trickserin? Nein.« Seine Hand war schwielig, wie es jede Hand war, die ihr Leben lang nichts anderes als Schwert und Waffe geführt hatte. »Ich bin

Magierin.«

Und Magie war es, die in ihr aufwallte. Eine Welle wärmer als die Lust zwischen ihren Schenkeln, das Kribbeln in ihrem Bauch. Das Sehnen ihres Körpers. Er sah gut aus, klang gut und sie würde sich ihm nur zu gerne hingeben.

Nathaniels Mundwinkel zuckten. Sein Blick suchte ihren; und er erstarrte. Kaiji lächelte. Geküsst von der Macht der Magie, konnte man sich auch in ihren Augen verlieren: Ein sattes Blau, in dem die Wahrheit mit der Wucht einer Welle brandete – bereit durch Stein und Fels zu brechen.

Der Druck um ihr Handgelenk wuchs, dann verblasste er vollkommen. »Es macht keinen Unterschied. Ihr trickst und versteckt euch hinter meinen Kriegern.« Nathaniel neigte den Kopf. »Und du sogar in einem Turm, weit weg von allem. Der König muss dir sehr zugetan sein, wenn er trotz allem dein Wort schätzt.«

Etwas schwang in seinen Worten mit. Eine

Schärfe, die gut versteckt war und dennoch schmerzte. Nathaniel war nicht der Erste, der zweifelte. Lediglich der Erste, der mit nichts zurückhielt. Eine Stärke als Feldherr, wo Speichelleckereien einem keinen Vorteil brachten. Kaiji gefiel diese Art. Viele hatten sie auf Händen getragen, weil der König sie schätzte. Nathaniel war anders und er machte sich nicht die Mühe, seine Gedanken hinter einer Fassade zu verstecken.

»Ich schätze deine Ehrlichkeit.« Sie legte eine Hand auf seinen Harnisch. Kühl und ein Kratzer stemmte sich gegen ihre Haut. »Aber ich muss dich enttäuschen. Zwischen Magiern und Tricksern gibt es sehr wohl einen Unterschied.«

»Mir ist keiner bekannt«, antwortete er. Seine Augen ruhten auf ihrer Hand.

Kaiji schnippte. Nebel wallte auf und hüllte sie ein. Dann tauchte sie vor dem Fenster wieder auf. Im Hof herrschte noch immer Unruhe. Doch zwischen dem Chaos formierten sich die ersten Reihen und sie sah das Schimmern von Magie über Kriegern und Schwertern. Sie wurden mit Stärke im Kampf gesegnet. »Trickser tragen nichts zum Sieg bei, sondern behindern deine Truppen und kosten den Sieg. Magier hingegen tun alles in ihrer Macht stehende, um einen Kampf zu ihren Gunsten zu drehen. Ich bin Magier des Königs und als solche gehorche ich jedem seiner Befehle und tue alles, was in meiner Macht steht, um dieses Land zu schützen.«

Die Tage, in denen sie noch selbst im Kampfgetümmel gesteckt hatte, waren lange vorbei. Die Flammen ihrer Angriffe waren mächtig gewesen – der Brand, der ihre Gegner zu Asche hatte werden lassen. Doch die Kraft der Vorhersage, die Magie der Wahrheit, die schon immer in ihr geschlummert hatte, war mächtiger. Und warum den Kampf riskieren – eine Niederlage! – wenn ein Blick in die Zukunft verriet, wie gut die Chancen überhaupt standen?

Nathaniel schnaubte. Mit der rechten Hand strich er über sein Schwert. Er war wahrlich kein Mann der Magie. Rohe Gewalt, das stand ihm eher und seine Haltung passte perfekt dazu. Hart, unnahbar und direkt. Zumindest, wenn es um seine Heimat ging.

»Was befiehlt der König?«, fragte Kaiji. Genug des Spiels, sie durften keine Zeit verlieren und sie wollte seine Frustration nicht weiter strapazieren.

»Eine Armee schwimmt auf dem Meer vor Gale.« Der Wind trug das Flüstern neuer Befehle heran und seine Ohren zuckten. Er würde hier nichts hören, nur das Rauschen und ferne Stimme, die geisterhaft durch die Luft schwebten. »Sie ist übermächtig, blockiert unseren Hafen und der König vertraut deinem Rat mehr als der Strategie seines Feldherren.«

Seiner Strategie. Daher stammte der Frust, den sie spürte. Die Runen auf ihren Armen zogen, warteten. »Er vertraut mir, weil ich die Wahrheit über deinen Erfolg kennen kann, bevor du in die Schlacht ziehst.«

»Billiger Trick.« Er ballte die Hand zur Faust und die Muskeln seines Unterarms spannten sich an. »Mehr als das ist diese Magie nicht.«

»Denk was du willst«, sagte Kaiji. Ihn vom Gegenteil zu überzeugen könnte langwierig sein. Sollte es überhaupt möglich sein. »Aber lass dich nicht davon beeinflussen. Die Zeit drängt.«

Nathaniel lachte. Der Umhang raschelte und er fuhr sich durch die Haare.

»Du bist kein Krieger«, sagte er. »Und in deinem hübschen Körper steckt auch keiner.« Noch nicht. Ihre Runen kribbelten voller Vorfreude und eine Wärme rauschte durch ihren Körper. Kaiji verkniff sich ein Schmunzeln.

»Mag der König glauben, was er will. Aber ich sehe deinen Vorteil nicht. Du lebst abgeschottet von der Welt, wie willst du mehr wissen als ich? Oder helfen können?«

Kaiji legte den Kopf schief. Das Haar floss um ihre Schultern, wie Wasser einen Wasserfall hinab. Unsicherheit – eine neue Wahrheit, die Nathaniels Worte offenbart hatten. »Durch dich. Deshalb bist du hier. Also lass uns beginnen.«

Nathaniel knurrte. Drei Schritte, dann stand er an ihrer Seite. »Falls es noch nicht deutlich genug gewesen war: Ich glaube nicht an deine Kräfte. Ich sollte dort unten bei meinen Kriegern stehen und sie auf die Schlacht vorbereiten. Doch stattdessen«, er schlug auf das Fensterbrett und zusammen mit der Wut seiner Worte hallte ein Knall durch den Turm, »muss ich meine Zeit verschwenden.«

Der Nebel kam ohne ihr Zutun. Dicke, dichte Schwaden, die ihren Körper einhüllten und in langen Armen durch die Luft griffen. Knistern lag im Raum und Blitz und Donner fuhr krachend durch das Gebälk. »Du bist es, der Zeit verschwendet! Du bist es, der diskutiert und vom Unsinn erzählt, anstatt zu handeln.«

»Weil ich einen Trickser erkenne, wenn er vor mir steht!« Nebelschwaden rissen ihm vom Fenster los. Ihre feuchte Kälte leckte über seine Haut und für einen Moment weiteten sich seine Augen.

»Dann geh«, sagte sie kalt. Ein Donnern begleitete ihre Worte. Ihre Lichtmale gebarten auf. Auf ihrer Zunge schmeckte sie bitteren Rauch, der in ihren Augen brannte. Jeder Atemzug kratzte in ihrem Hals. Der Nebel schrie. Kaiji ignorierte es.

Nathaniels Hände spannten sich an. Dann schnaubte er und schob ein langes Seufzen hinterher. »Ich hab Angst.« Es war ein Flüstern. Doch so von Wahrheit erfüllt, dass Kaiji eine Gänsehaut über die Arme kroch. »Angst, was heute passieren wird. Mit mir und meinen Männern.«

Das Gewitter erstarb, der Nebel löste sich auf. Ein Schleier, der zwischen den Mauersteinen lauerte und wo eben noch Wut gewesen war, keimte nun Verständnis.

»Und du verstehst die Entscheidung des Königs

nicht.« Sie trat zu ihm. Berührte seine Hände, löste die Fäuste. »Aber hab Vertrauen in ihn, wie deine Krieger dir vertrauen.«

Seine Haut war kalt, die Finger verspannt, wie alles an ihm.

»Sorge dich nicht, Nathaniel.« Ihre Stimme war weich, der Magie sei dank, und erfüllte den Raum mit einer samtigen Wärme. »Der König weiß, was er tut. Ebenso wie ich. Wichtig ist nur, dass auch du es tust, damit wir zusammen die Wahrheit formen können.«

Nathaniel sah in den Hof. Im Innenhof scharten die Krieger mit ihren Füßen. Die Unruhe konnte sie spüren. Selbst hier noch hunderte Meter über ihnen. Die Blockade vor dem Fenster ängstigte sie.

»Der König verlangt die absolute Wahrheit«, sagte Nathaniel schließlich.

Kaiji straffte die Schultern. Ihre Brüste drückten sich gegen den Stoff ihrer Robe. Ein Hauch Stoff nur, der mehr zeigte als versteckte. Nathaniel wurde sich dem jetzt erst bewusst. Seine Augen wurden größer, dann starr. Aber da war seine Zunge, die seine Lippen benetzte und seine Hände, die kurz zuckten. Gewiss, es gab Frauen in den Reihen der Krieger. Schwertkämpfer und Schützen, die den Männern in nichts nachstanden. Aber wie lange musste es her sein, dass auch er mehr von ihnen gesehen hatte, als ihre Körper in Rüstungen?

Ausgehungert, eine nächste Wahrheit. Kaiji atmete tief durch. Er atmete es aus. Warum war es ihr nicht schon früher aufgefallen? Sein Körper war angespannt, sein Gesicht! Es war so eindeutig und doch hatte sie es nur dem Offensichtlichen zugeordnet. Sie würde ihm auf zweierlei Wegen helfen: Die Wahrheit schenken und seine innere Anspannung lösen.

Kaiji lachte leise auf. Dann erschien sie vor ihm. Strich über seine muskulösen Arme und legte ihre Hände um seine Wangen. »Starker Mann, ich werde jeden Zentimeter deines Willens brauchen, um diesem Befehl nachzukommen.«

Und sie würde jeden Zentimeter genießen, sich ihm beugen, ihn in all ihrer Güte empfangen und umfangen.

Sie löste seine Hand vom Griff seiner Waffe, die er hielt, als wäre es der einzige Halt in dieser Welt. Die Knöchel weiß, die Finger angespannt. Sie dachte an ihren Traum. Er hatte nicht gelogen. Ein Mann voller Verzweiflung und Angst. In seinem Gesicht sah man nichts dergleichen. Lediglich diese eine Augenbraue, die sich erneut emporschwang. Aber er ließ es zu, dass sie seine Hand nahm und ließ sich führen.

»Komm«, sagte Kaiji. Sie hatten genug Zeit verschwendet. Viel zu viel sogar. Nebel kroch aus den Rillen zwischen den Steinen und eine Tür formte sich auf der Wand. Der Raum dahinter lag im Dunkeln und doch war genug Licht da, um das nötigste zu erkennen: Ein großes Bett, ein Tisch, auf dem ihr Kartendeck ausgebreitet war. Die Wände waren kahl und dunkel wie alles hier und ein Teppich schluckte das Echo ihrer Schritte. Die Wahrheit versteckte sich gerne und nur in der Dunkelheit konnte sie allumfänglich leuchten und gesehen werden.

Kaiji wandte sich um. Ihre Hand strich über seine Wange. Der stoppelige Bart kitzelte auf ihrer Haut. Nathaniels Mundwinkel zuckten und für einen Augenblick schloss er die Augen.

»Möchtest du mich enthüllen?« Sie strich von der Wange über sein Kinn, fuhr seinen Hals hinab, bis die nackte Haut unter dem Harnisch verschwand. »Oder soll ich mich selbst enthüllen, um dich zu empfangen?«

Dann griff sie nach seiner Hand. Raue Finger. Zwischen ihrer zarten Haut fühlte es sich an, wie eine andere Welt. Eine, die davon erzählte, wie hart das Leben sein konnte, verbrachte man seine Zeit nicht damit, durch Schriften zu blättern, Karten zu mischen und durch Türme zu streifen. Die Augen immer offen. Aber die Hände berührten nichts, die Hände arbeiteten nicht. Sie wurden gehegt, gepflegte und badeten in Milch und Honig – wie sie selbst es nur zu gerne Abend für Abend tat. Die Wanne voll Milch war angenehm warm, schmeichelte ihrer Haut und der Geruch nach Honig gab ihr etwas Eigenwilliges, an das sich jeder sofort erinnerte. Kaiji war niemand, der vergessen werden wollte, so unscheinbar sie auf den ersten Blick auch wirken mochte. Das beste jedoch: Die Milch verhüllte ihren Körper. Die neugierigen Hände, die ihrem Körper das gaben, wonach er sich sehnte und jede ihrer eigenen Wahrheiten enthüllte, wenn sie ihre Brust packte, mit den Knospen spielte und ihre Finger zwischen ihren Beinen verschwanden. Es fühlte sich gut an, gewiss. Sie wusste zuzustoßen, ihre Perle zu streicheln, bis ein Stöhnen über ihre Lippen perlte. Aber das Winden unter der Berührung eines anderen fehlte und jeder Höhepunkt war nur ein Schatten dessen, was hätte sein können, wäre sie nicht alleine gewesen. Eine ihrer Wahrheiten: Sie war alleine.

Ihre Mitte zog sich zusammen.

»Enthüllen?«, fragte er. Seine feingeschwungenen Augenbrauen wanderten in die Höhe. Aber ihm gefiel das Angebot. Seine Finger berührten ihre Robe, nestelten am Knoten. Seine Augen suchten ihre. »Was wird das hier?«

»Wahrheitsmagie.«

Nathaniels Finger strich um den Knoten, als wäre er ein Geheimnis. Langsam, aber stetig. Stoff war zwischen der Fingerspitze und ihrer Haut und dennoch war da ein feuriger Pfad. Eine Berührung, so heiß und verführerisch, dass sie mehr wollte. Seine Finger waren rau. Geformt von Kampf und hartem Alltag und bereits jetzt wollte sie mehr davon spüren. Seine Augen glitzerten und sein linker Mundwinkel hob sich. »Eine Frau sollte sich nie selbst enthüllen. Trickserin oder nicht.«

Nathaniels Daumen wanderte unter den Knoten

und fand die Nadel, die die Stoffe zusammenhielt. Er zog die Nadel aus dem Stoff und der Knoten fiel in sich zusammen. Die Robe rutschte von ihren Schultern und wogte ihren Körper hinab. Sie trug nichts darunter. Kein Stoff, der ihre Brust bedeckte, keine Hose über ihrer Scham, nur die Robe, durch die er bereits ihre Knospen gesehen hatte.

Nathaniels Augen wurden groß. Der Sturm darin hingegen wirbelte wild und aufgeregt. Sein Blick glitt über ihren Körper. Doch er schenkte weder ihren Brüsten noch ihren schlanken Schenkeln seine Aufmerksamkeit. Vorsichtig berührte er ihren linken Arm. Die rauen Fingerkuppen auf ihrer Haut waren so anders, als alles, was sie in letzter Zeit gespürt hatte. So unvertraut und doch so wunderschön. Auf ihren Lichtmalen fühlte es sich noch intensiver an. Sie erschauerte.

»Du bist entstellt«, sagte er. Bedauern schwang in seiner Stimme mit. Vorsichtig glitt ein Finger ihren Arm hinauf, fuhr über das Schlüsselbein, berührte ihren Bauch. Auf ihrem Körper schimmerten viele Lichtmale.

»Der Preis der Wahrheit.« Kaiji seufzte. Seine Berührungen waren so sanft. »Genauso wie deine Narben der Preis deiner Siege sind.« Kaiji fing seinen neugierigen Finger ein, sah in den Sturm seiner Augen. In Neugierde, Frustration und schüchterne Lust, die nicht wusste, ob sie erblühen durfte oder nicht. Ihre Lippen schenkten seinen Fingern einen schnellen Kuss, ehe sie fortfuhr: »Wahrheitsmagie braucht ein Medium. Allerdings kann ich bei dieser Form nicht auf Karten oder eine Kugel zurückgreifen.«

»Weil?«, fragte Nathaniel. Wie gebannt sah er auf seinen Finger und Kaiji schenkte ihm einen weiteren Kuss. Und ein kurzes Kitzeln ihrer Zunge auf seiner Haut. Etwas blitzte in seinen Augen.

»Nicht ich werde die Magie leiten, sondern du.« Sie schenkte ihm einen weiteren Kuss. Ihr Daumen liebkoste seine Haut. »Diese Form ist so genau, weil nichts zwischen dir und der Wahrheit steht.«

Kaiji sah zu ihm auf. Nathaniel überragte sie um einen Kopf. Es war ihr zuvor nicht aufgefallen – es war egal gewesen! Nun aber mit seinem Finger in der Hand, war es etwas anderes. Ihre Lippen schlossen sich um den Zeigefinger, glitten über ihn. Einmal, zweimal.

Nathaniel schluckte. Die Lust im Sturm seiner Augen wuchs und mit ihr ihre eigene. Ein Ziehen in ihrer Mitte, ein sanftes Prickeln in ihrem Bauch, das langsam nach unten zog.

Kaiji löste sich von ihm und hielt doch seinen Blick gefangen. »Willst du die Wahrheit der Schlacht noch hören?«

Er ballte eine Hand und nickte dennoch. Die Frustration hatte verloren, die Unsicherheit, warum der König ihm nicht vertraute. Kaiji schmeckte diese Wahrheit in der Luft zwischen ihnen. »Ja.«

Langsam schritt sie um ihn. Der weiche Teppich kitzelte ihre nackten Füße. Vier Schnallen hielten seine Brustrüstung. Zwei Weitere befestigten den Umhang an seinen Schultern. Die Armschienen interessierten sie nicht, die Schuhe ebenfalls nicht. Ein Schnippen und sie könnte seine Sachen verschwinden lassen. Kaiji tat es nicht. Sie suchte nach dem versteckten Mechanismus der Schnallen und ließ seinen Umhang zu Boden rauschen. Neben ihrer Robe auf dem Boden gab er ein schönes Bild ab und er war erfüllt von seinem Geruch, der nun ihre Nase flutete: Das Salz der See, der Staub des Innenhofes und eine feine Mischung aus Schweiß und seinem ganz eigenen Geruch. Eigenwillig, wie alles an ihm. Die vier Schnallen seines Brustharnischs schnappten auf. Aber Kaiji ließ ihn nicht achtlos zu Boden sausen wie ihre Robe oder den Umhang. Er schwebte, bis er auf dem Teppich lag und im Schein der Sonne glitzerte, die durch die Tür zu ihnen drang.

Das Hemd darunter war kein gewöhnliches. Eine Knopfleiste in der Mitte. Sie fuhr sie nach, berührte

Knöpfe und öffnete sie, ohne am Stoff zu fummeln. Sie strich sein Hemd über seine Schultern.

Nackt sah er besser aus. Seine Muskeln waren fein definiert, seine Haut rein. Nur kleine Narben erzählten von Kämpfen längst geschlagener Schlachten. Sie fuhr sie nach, spürte die weiche Haut ohne Haar. Nathaniel erschauerte.

Kaiji strich tiefer. Entlang der Muskeln an seinem Bauch, über seinen Nabel, bis sie den Bund seiner Hose erreichte. Er trug keinen Gürtel. Lediglich etwas, um das Schwert an seiner Hüfte zu befestigen. Eine weitere Schnalle. Nathaniel löste sie selbst und ließ das Schwert achtlos zu Boden gleiten. Nein, nicht achtlos, sein Blick folgte ihm. Auch darin war er anders als andere Besucher. Die meisten hatten vor Ungeduld und Lust gezittert, nachdem sie so unschuldig ihre Finger geküsst und sie dann so quälend langsam ausgezogen hatte.

Langsam strich Kaiji entlang des Hosenbundes, verschwand mit einem Finger darunter und spürte die Haare seiner Lenden. Wärme pulsierte in ihnen. Wärme und Lust. Nathaniel war durchdrungen davon. Und dem, was in ihm schwoll, seitdem er ihren Turm betreten hatte. Frustration.

Nathaniel wandte sich von ihr ab. Die Schuhe flogen achtlos in eine Ecke, die Hose riss er sich vom Leib. Er stand nackt vor ihr, wie sie vor ihm. Gut gebaut, gut bestückt. »Gefällt dir der Anblick eines nackten Feldherren?«

Kaiji sah zu ihm auf. »Sehr.«

Allein sein Anblick und ihre Knospen regten sich. Sie sehnten sich nach einer Berührung. Von rauen Händen auf ihrer Haut.

»Was passiert jetzt?«

Kaiji lachte leise und Nathaniel hob seine Augenbraue. »Du weißt noch immer nicht, worauf es hinausläuft?«

»Auf einen Trick.«

»Es wird so viel mehr als das. Es wird Wahrheitsmagie. Deine Wahrheit als Feldherr. Und das

Einzige, was ich dafür brauche ...« Ihre Finger strichen über seinen Schritt. Sie hielt seinen Blick, sah noch immer die Frustration. Aber dazwischen glomm etwas anderes. Begehren. Lust. Sein Bedauern war ernst gewesen. Interessant. »Ich brauche deine Lenden für meine Magie. Sex, um die Wahrheit zu finden.«

»Sex.« Er schmunzelte und dieses Schmunzeln ließ ihn verwegen erscheinen. »Deshalb sucht man so gerne nach deinem Rat.«

»Vielleicht.« Sie umfing ihn, streichelte über seinen Schaft und ließ seinen Blick nicht los.

»Wie läuft es ab?«, fragte er. Seine Stimme war rauer geworden. Er genoss die Berührung.

»Wie immer du möchtest.« An der Wand, auf Knien, auf dem Tisch, dem Boden. Ihre Lippen an seinem Glied, ehe es richtig zur Sache ging. Der Magie war das Wie egal, sie brauchte nur das Das.

Nathaniels Penis zuckte. Ein leises Seufzen entkam ihren Lippen. Wenn er das auch in ihr tat – sie liebte solch unwillkürlichen Bewegungen. Sie ließen sie zucken und sich winden.

Für einen langen Moment sahen sie einander in die Augen. Er strich über ihre Wange, über ihren Hals. Berührte ihre Brust. Dann umfingen seine Arme sie. Er drückte sie an seine Brust. Seine Lippen fanden ihre. Stürmisch, ungeduldig und doch voller ertrinkender Leidenschaft.

Kaiji schloss die Augen. Seine Lippen waren rau und doch bewegten sie sich sanft auf ihren. Sie erwiderte den Kuss und ließ sich leiten. Langsam fuhr sie seine Muskeln nach.

Nathaniel bewegte sich langsam in Richtung des Bettes. Seine Lippen auf ihren, seine Finger in ihren Haaren, auf ihrem Rücken. Sie tippelten sanft auf ihrer Haut, wie der erste Regen nach langer Dürre.

Kaiji seufzte, seufzte ein weiteres Mal, als die weichen Bettlaken sie umfingen. Nathaniels Knie schob sich zwischen ihre Beine. In seinen Augen glomm Lust, Leidenschaft und dennoch hatten seine Berührungen etwas Verzweifeltes und Hilfloses. Wie jene aus ihrem Traum. Seine Lippen zeichneten ihr Kinn nach, liebkosten ihren Hals. Die Hände hielten sie noch immer eng an seinen Körper gedrückt.

Sie strich über seine Brust, über den Bauch hinab zu seinen Lenden. Sein Penis erwartete sie. Hart, prall und er zuckte, als sich ihre schlanken Finger um ihn legten. Sie ließ sie entlang des Schaftes auf und ab wandern.

Nathaniel schloss die Augen, atmete schwer. Aber er ließ sich nicht beirren. Seine Lippen wanderten über ihren Hals, küssten flüchtig wie ein Schmetterling. Und viel zu schnell. Sein Knie schob sich gegen ihre Mitte und erst als sie die Beine spreizte, er ihre Mitte spürte und sich dagegen drückte, spürte er ihre Wärme, ihre Lust. Ihre Nässe.

Kaiji sah ihn von unten herauf an, pumpte entlang seines Schaftes. Eine Herausforderung. Ob er darauf eingehen würde? Er könnte sie nehmen, hier und jetzt. Oder weiter auskosten, was sie ihm anbot.

Er löste sich von ihr und ein kleines Schmunzeln zuckte um seine Lippen. »Du hast mich erwartet.«

Seit heute früh, seit ihrem Traum. Sie sagte es ihm nicht, hauchte stattdessen: »Keine Frau kann einem Anblick wie deinem widerstehen.«

Auch seine Wangen fühlten sich rau an. Aber sie mochte es, während ihre Finger über seine Haut strichen. Sie tippte auf seine Brust und pumpte quälend langsam nur die Spitze seines Penis. »Und hofft, von dir ins Bett gedrückt zu werden.«

Sie streichelte ihn weiter. Langsam, aber mit Druck. Spürte seinen heißen, unsteten Atem auf ihrer Haut. Dann glitt sie seinen ganzen Schaft hinab und ein Stöhnen perlte über seine Lippen. Schwoll an und erfüllte erneut den Raum, als sie es wiederholte.

Sein Gesicht schwebte über ihrem. Der Sturm nur noch Winde der Lust, die blitzten und leuchteten, je schneller ihre Hand wurde. Er beugte sich zu ihr, suchte ihre Lippen. Seine Zunge fuhr über ihre Lippen, das Knie drückte sich langsam aber stetig gegen ihre Mitte. Berührte ihre Perle. Kaiji stöhnte in den Kuss und seine Zunge drang in ihren Mund. Er stupste sie an, lud zum Tanz, während er kleine Kreise unterhalb ihrer Brust zeichnete. Dann legte sich die Hand auf sie und er packte zu. Ihre Knospe lag zwischen rauen Fingern, seine schwieligen Hände drückten sich gegen sie. Sie löste den Kuss, stöhnte wieder und der Griff um seinen Penis wurde härter.

Viele weiche Hände hatten sie berührt. Diese aber waren so wundervoll anders: Nicht nur die Finger massierten sie. Jede Erhebung seiner schwieligen Haut tat es und sie konnte nicht anders, als sich unter ihm zu winden, ihm die Brust entgegenzudrücken. Schwer zu atmen, während ihre

Knospe zwischen seinen Fingern gefangen war und sich sein Knie in einem steten Rhythmus gegen sie drückte, ihre Beine auseinander zwang. Kaiji bewegte sich ihm entgegen. Wollte mehr – wollte ihn!

»Nimm mich«, flehte sie, flehte die Magie. Ihre Knospe glitt durch raue Finger, ihre andere drückte sich gegen seine Brust. »Bitte.«

Sein Knie schwand. Nathaniel stützte sich neben ihrem Kopf ab. Sein Atem streifte ihre Haut. Unstet und heiß. Eine Hand streifte ihre Mitte, strich über ihre schlanken Beine. Die Finger glitten über ihre Haut, kosteten von ihrer warmen Mitte und umkreiste ihre Perle.

»Trickserin oder nicht«, hauchte er an ihrem Ohr. Kaiji erschauerte. »Du schmeckst gut, fühlst dich gut an.«

Sein Penis glitt in sie.

Kaiji stöhnte auf. Sie hatte ihn in Händen gehalten, hatte seine Länge gesehen, gespürt und massiert. Zwischen ihren Beinen fühlte er sich dennoch größer an. Hart und prall und jede seiner Bewegungen weitete sie. Sie spürte, wie er in sie glitt, wie er in voller Länge in ihr war, die leichten Stöße, die er vollführte. Sein Penis kostete ihre Tiefe aus, glitt aus ihr hinaus, stieß tief in sie zurück. Er fand seinen Rhythmus schnell, stieß in ihre Mitte und jeder Stoß fachte die Lust in ihr weiter an.

»Nathaniel.« Sie hielt sich an seinen Schultern fest. Bei jedem Stoß klammerten sich ihre Finger an ihn, bei jeder Hüftbewegung war da ihr leises Keuchen. Das Kribbeln in ihrem Inneren, das Feuer ihrer Lust, das er anheizte, je schneller er in sie stieß, je leidenschaftlicher er sie küsste und dennoch hielt, als wäre sie sein letzter Halt in dieser Welt. Seine Lippen wanderten über ihre Haut, sein Atem war so heiß. Es prickelte und überall, wo er war, stach eine Kühle aus ihr empor, die sich sehnte, die sie erschaudern ließ.

Die Magie wallte in ihr auf, überrollte sie. Kaiji drückte sich ihm entgegen, spürte ihn zucken, härter werden. Stoß um Stoß. Sie wand sich unter seinen Bewegungen.

Seine Stöße wurden schneller. Sein Atem zu einem tiefen Stöhnen und er schob eine Hand unter ihren Rücken, drückte sie enger an sich, enger auf seinen Penis mit dem er sie weitete und in sie stieß. Er kam in einem Schwall, der sie beide überraschte. Hielt sie an sich, drückte sein Gesicht an ihren Hals und sie ließ ihn gewähren.

Nur langsam sank Nathaniel neben ihr ins Bett. Sein Daumen zog kleine Kreise auf ihrer Schulter, zog ihr Schlüsselbein nach. Die andere lag ungeniert auf ihrer Brust. In seinen Augen glomm der Nachhall seiner Lust: Sprenkel in diesem Sturm, die dunkel schimmerten. Eine Gänsehaut huschte über ihren Körper. Kaiji seufzte leise.

»Und nun?«, fragte er. Seine dunkle Stimme war rau geworden. Rau und erschöpft. Aber zufrieden.

Kaiji wandte ihren Blick von ihm ab und schloss die Augen. Seine Liebkosungen blieben, wirkten intensiver in dieser Dunkelheit. »Müssen wir uns einen Moment gedulden.«

Die Magie wallte in ihr auf. Eine Macht, die mit der Wucht einer Flutwelle über ihr niederging und die Wahrheit in ihr aufbranden ließ. Ihre Mitte, der feuchte Ursprung, der sie in die Tiefe sog. Wellen schlugen über ihrem Kopf zusammen. Dunkelheit umfing sie. Ihre Lungen brannten.

Kaiji japste nach Luft. Die Flut der Wahrheit endete und ihr Kopf stieß durch die Oberfläche der Erkenntnis.

»Kämpft ihr, verliert ihr.« Kaiji schlug die Augen auf und sie leuchteten in der Dunkelheit wie funkelnde Sterne. Ein grelles Glimmen der Wahrheit, die in den Augen schmerzte, wie es jede absolute Wahrheit tat. Die Lichtmale ihrer Haut hingegen schimmerten nur dumpf. Und brannten wie Feuer. Etwas fehlte.

Nathaniels Daumen stoppte seine sanften Kreise. Ein Nagel grub sich in ihre Haut. Kaiji keuchte auf.

Süßer Schmerz! »Kämpfen wir nicht, verlieren wir ebenfalls!«

Kaiji hörte Verzweiflung in der Stimme, die sein kantiges Gesicht gegen den grellen Schein hart und unnahbar aussehen ließ. Nathaniel war ein Mann voller Gefühle, die sie mit jeder Faser ihres Körpers gespürt hatte, mit jedem Stoß, der sich hart und ehrlich in ihr versenkt hatte, bis sie stöhnend in den Laken gelegen hatte. Ihre Mitte spürte ihn noch. Die Stöße, die sie geweitet hatten. Seine Form, die noch immer in ihr zu sein schien. Seine Hand auf ihrer Brust zwischen dessen Fingern ihr Nippel ruhte. Eingeengt zwischen großen, rauen Fingern und jeder Atemzug ließ ihn dazwischen lustwandeln. Der Sex hatte seine Fassade bröckeln lassen und Kaijii konnte ungehindert das sehen, was er wirklich war: Ein Mann, wie es jeder andere auch war. Voller Hoffnungen, Träume. Voller Ärger und Wut.

»Ich... ich dachte, das würde helfen!« Seine

Hand packte ihre Brust. Die Finger drückten gegen ihre Knospe und Kaiji keuchte auf. Lust flammte in ihr auf. Lust und eine Erkenntnis: Das, was fehlte, war ein weiterer Teil der Wahrheit. Sie waren noch nicht fertig. »Aber es war nur Sex.«

»Die Magie ist noch nicht am Ende.« Ein feuriger Pfad huschte ihren Körper hinab. Zwischen ihren Beinen zog es. »Der Zauber braucht noch.«

»Tut er das?« Er hob seine Augenbrauen und so kantig und unnahbar sein Gesicht, sein Ton wirkten, so verletzlich machte ihn das Zittern seiner Unterlippe.

»Du wolltest die absolute Wahrheit. Gib ihr die Zeit, sich im vollen Umfang zu entfalten oder zerbrich an ihren Einzelheiten.«

Nathaniel sagte nichts. Stattdessen drückte er sie ins Bett, sein Atem ein Hauch an ihrem Ohr. Und mit dem Hauch kamen Worte: »Dann zeig mir die ganze Wahrheit.«

Seine Worte glitten heiß über ihre Haut. Der

Hauch ließ sie erschauern. »Hilf mir.«

Sie konnte es nicht alleine, brauchte ihn und seine Wahrheit.

Nathaniel lächelte. Seine rauen Lippen streiften ihr Ohr: »Natürlich.«

Er strich über den Ansatz ihrer Brust, wanderte zur anderen und zurück. Wieder und wieder, ohne sie ganz zu umfassen. Er hielt ihren Blick gefangen, sah, dass ihre Knospen sich erhoben. Dennoch schenkte er ihr keine Aufmerksamkeit. Strich nur quälend langsam um sie herum. Zu sanft, um spürbar zu sein. Zu viel, um nicht aufzufallen. Seine rauen Finger waren wie Feuer auf ihrer Haut. Wie Lust, die heiß über sie rollte. Tiefer und tiefer wanderte die Hitze und doch strich er nur um ihre Brüste.

Kaiji streckte ihm den Oberkörper entgegen. Sehnte sich nach mehr, als dem Hauch auf ihrer Haut. Nach Berührungen wie eben, die ihre ganze Brust umschlossen, massierten und ihre Knospen zwischen Fingern gefangen nahmen und reizten, bis das Stöhnen nicht mehr zurückzuhalten war. Das hier war anders. Süße Folter, die in ihr entflammte und sich weiter und weiter steigerte. Ein Blick in seine Augen und Kaiji wusste: Nathaniel wusste ganz genau, was er tat und er tat es gerne.

»Gefällt es dir?«, flüsterte er an ihrem Ohr. Sein Atem strich über ihre Haut. Der Bass seiner Stimme hallte in ihrem Inneren nach. So dunkel und hart. Ein Gegensatz zu den sanften Kreisen.

Kaijis Hand fasste nach seiner Schulter. Nein, wollte sie sagen. »Ja«, brachte sie hervor.

»Süßer Zwiespalt.« Sein Atem strich über ihre Ohrmuschel, ein Kuss von rauen Lippen. Er drückte ihre Knospe und Kaiji dachte, nun würde es endlich mehr geben. Doch er strich nur rüber zur anderen Brust und umkreiste sie. »Ich kann sehen, wie sehr es dir gefällt.«

Und sie sah, wie viel Spaß es ihm bereitete! Hörte es in der Selbstsicherheit seiner Stimme, in seinen Bewegungen, in der Art, wie er sie ihm Arm hielt und auf das Bett drückte. Er strich so unvermittelt zwischen ihre Beine, dass Kaiji laut stöhnte. Ein Kuss auf ihre Ohrspitze begleitete es, heißer Atem an ihrem Nacken. Seine Finger glitten durch ihre warme, feuchte Mitte, kosteten die Nässe, umkreisten ihren Eingang. Dann fanden sie ihre Perle und ein Blitz fuhr durch sie. »Ah!«

Ihre Hand krallte sich in seine Schulter und sie spürte sein Lächeln an ihrem Ohr, während er langsam auf und ab strich. Und doch so fordernd. Sie wand sich unter ihm, drückte ihr Becken seinen Fingern entgegen. Stöhnte.

Es war so gut. Jede Bewegung ein Feuerwerk der Lust, das durch ihren Körper echote, sie mehr spüren lassen wollte. Mehr wollte von ihm. Er gab es ihr nicht, strich nur auf und ab, legte zwei weitere Finger um ihre Perle. Es gab kein Entkommen mehr aus dieser Lust, nur noch mehr. Mehr Gefühl, mehr Hitze. Mehr Forderungen.

»Küss mich!«, flehte sie. Ihre Lippen sehnten sich nach ihm. Sie brauchte Nähe in dieser Lust, wollte seine Lippen spüren, die so liebevoll und nahbar geküsst hatten. In denen sie sich geborgen gefühlt hatte. Sie war es, die nun Halt in dieser Welt brauchte, während die Lust sie in die Tiefe zog. Sein Finger glitten um ihre Perle und brachten Prickeln, das sie berauschte. Ihre Hände krampften an seinen Schultern.

Nathaniels Augen blitzten, als sie über ihr erschienen. Ein schelmisches Grinsen legte sich über seinen Mund. Sein Kopf war nah und doch zu weit entfernt, um seine Lippen schmeckten zu können. »Kämpf darum.«

Kaiji hob den Kopf und jede seiner Berührungen wurde intensiver. Die Rauheit seines Fingers auf ihrer Perle, der Druck seiner Finger daneben. Sie spürte den Rausch der Lust, ihre eigene Erregtheit, die anschwoll, je weiter sie sich seinen Lippen entgegen bäumte – und umso weiter er den Kopf nach hinten zog.

»Na komm«, raunte er. Ein Feldherr durch und durch, seine Strategie war klar und er wusste, dass er sie in der Hand hatte. Mit jeder Bewegung seines Fingers wusste er es und machte es ihr deutlich. Dennoch kämpfte sie sich hoch, kostete den Kuss seiner Lippen. Es war ein süßer Sieg. Und so unerwartet, als seine Lippen sie zurück ins Bett drückten, seine Zunge über ihren Mund strich und sich zwischen ihre Lippen schob.

Kaiji stöhnte auf und krallte sich in seine Schulter. Oh, er hatte sie in der Hand und der süße Sieg war nicht mehr, als weitere Strategie, die sie mehr zu seinem machte. Sie kümmerte sich nicht darum. Schloss die Augen, stöhnte in den Kuss, der langsam schwand, bis er wieder unerreichbar über ihr thronte.

»Komm«, verlangte er. Sie beugte sich. Erhob sich aus den Laken und warf doch den Kopf in den Nacken, als er den Rhythmus änderte. Viel zu sanft über sie glitt, in Kreisen, die ihr den Verstand raubten. »Komm für mich.«

Eine Welle rollte über sie. Ein Gemisch aus Lust, aus Kribbeln und Berührungen, Verlangen und der Flut der Wahrheit und dem Brennen der Runen. Dieses Mal war sie vorbereitet. Die Wahrheit zog sie nicht in die Tiefe, raubte ihr nicht den Atem. Es war nur eine Welle, die sie sanft umspielte. Die Hitze des Sommers hinfort küsste und sanfte Kühle über ihre Haut zog, durch die die Runen brannten. Aber es war kein unangenehmes Brennen. Nur die Wahrheit, die mit der Macht eines Sommertages erstrahlte.

In der Dunkelheit schimmerten die Runen dennoch so grell wie jeder andere Satz auf ihrer Haut. Doch sie waren ein heller Schein in der Dunkelheit, der Hoffnung versprach, wo zuvor nur Finsternis verweilt hatte. Kaiji lächelte erschöpft. Ein gutes Omen.

Nathaniels griff danach und griff ins Leere. Es

war nur Licht. Nur ein Streifen Schimmer, der sich formte und in der Dunkelheit entfaltete. Man konnte es nicht ergreifen.

»Was ist das?« Die Strenge des Feldherren, die Verzweiflung des Kriegers, waren aus seiner Stimme gewichen. Dieses Mal begleitete Neugier den Bass seiner Stimme und ließ sie offener wirken.

»Die Wahrheit geborgen aus dir«, antwortete Kaiji. Sie streckte ihren linken Arm dem Licht entgegen. Es legte sich auf ihre Haut wie eine teure Kette. Die Glieder waren nicht aus Metall. Dünne Runenstriche gingen ineinander über. Waren und hielten in fester Reihenfolge. Jede hatte ihren Platz und so mussten sie gelesen werden.

»Ich kann es nicht lesen«, sagte Nathaniel. Seine rauen Finger strichen sanft über ihre Haut. Es war viel zu intensiv.

»Natürlich kannst du es nicht.« Sie schenkte ihm ein Lächeln und legte ihre Hand auf seine. Es waren Runen. Magisches Werkzeug und sie das Medium, das sie erhalten hatte. Nur sie konnte sie lesen.

»Es ist Magie«, sagte sie dennoch. »Und du bist nicht magisch.«

Das Licht der Runen umhüllte auch ihn. Es kroch über den Finger, der noch immer auf den Runenketten lag und schlängelte sich entlang seines nackten Körpers. Nathaniel zuckte zurück. Doch das Licht blieb.

»Magie kann man sich nicht entziehen.« Die Muskeln unter ihrer Hand spannten sich an. Ob er das Kribbeln spürte? Das Brennen, das auf ihrer Haut tanzte? »Egal, ob man daran glaubt oder nicht.«

Nathaniel schüttelte seine Hand aus. Dann streifte sein Blick ihren. »Was sagen sie nun? Erlöse mich!« Er sagte nicht, ob von dem Licht oder der Situation. Sagte nicht, dass das Licht ihm unbehaglich war, das ihn einhüllte. Kaiji sah es dennoch. In seinen Augen, den verkrampften Muskeln. Auf den Lippen, die so leidenschaftlich hatten küssen können und nun nur noch ein dünner Strich in seinem Gesicht waren.

»Der Erfolg steht und fällt mit dir.«

Nathaniel schnaubte. Dann brach ein Lachen über seine Lippen und er schüttelte den Kopf. Ihr gemeinsamer Moment war vorbei. Er war wieder der Feldherr, der in ihren Turm gekommen war. Und die Welle der Wahrheit schlug kalt und nass über ihr zusammen. Kaiji wurde aus dem Moment gerissen und für einen viel zu langen Augenblick war das Licht im Raum keine Hoffnung, keine Runenmacht, sondern nur Licht in der Dunkelheit. »Trickserin. Ich bin der Feldherr. Natürlich steht und fällt alles mit mir.«

Er riss sich los, sprang aus dem Bett. Hemd und Hose hatte er schnell gefunden. Dennoch ging er nicht, sondern zögerte erneut. Ihre Blicke trafen sich und der Sturm in seinen Augen rauschte. »Wahrscheinlich hat der Sex mit dir die Gedanken meiner Vorgänger geklärt. Nicht deine magische

Kraft.«

»Glaube was du willst, Nathaniel.« Sie wollte nur, dass diese Stadt nicht fiel. Kaiji hatte gefallen an ihr gefunden und beobachtete das Treiben im Burghof und dem fernen Markt und Hafen gerne. Selber Teil davon werden konnte sie nicht. Sie musste unvoreingenommen bleiben, um die absolute Wahrheit zu erschaffen. »Aber lausche allem, ehe du gehst.«

Kaiji blieb liegen. Zwischen zerwühlten Laken, im Geruch aus Sex und Lust. Ihr Körper atmete ihn, ihre Scham spürte es noch immer. Sie griff nach keiner Decke, nach keinem Oberteil. Sie blieb nackt liegen. Jeder Stoff auf ihrem Körper hätte die Magie verscheucht, die Wahrheit beeinflusst und sie musste bleiben, wollte Kaiji eine Verbindung wieder gelingen. Sie würde sich erst wieder anziehen, wenn Nathaniel seine Entscheidung getroffen hatte.

Nathaniel presste die Lippen zu einem schmalen

Strich zusammen. Seine Hand lag an seinem Schwert, das Hemd war bereits übergestreift. Dennoch galt sein Blick nicht der Tür, sondern ihr. Ihrer Brust, die im Schein der Wahrheit glänzte. Die unter jedem Atemzug auf und ab wogte. Es war kühl im Raum, jetzt wo die Hitze aus ihrem Körper schwand. Sie rührte sich dennoch nicht, sondern hielt seinen Blick mit aller Macht gefangen.

»Meine Männer erwarten mich«, sagte er. Aber Kaiji spürte keinen Rauch, schmeckte keine Asche, nichts kratzte in ihrem Hals. »Also sprich schnell.«

Die Wellen der Magie gaben sie frei. Das Wasser liebkoste sie, wie eine alte Freundin und mit ihr wurde das Licht wieder zu Runen, nach denen sie greifen und die sie lesen konnte. Kaiji schloss die Augen und als sie sie wieder öffnete, strahlten sie erneut in der Dunkelheit wie funkelnde Sterne: »Kämpft ihr, verliert ihr.«

Nathaniel ballte die Hände zu Fäusten. Ein Fluch hallte durch die Dunkelheit. »Es kann doch nicht einfach alles verloren sein!«

»Das ist es auch nicht.« Die Wahrheit kannte einen Ausweg. Einen gewagten, aber würde man ihn mutig durchziehen, so war das Ergebnis eindeutig: Die Stadt würde verschont bleiben. Kein Haus brennen, niemand sterben. »Die Zukunft Gales sieht gut aus, vertraust du der Magie.«

»Magie.« Er schnaubte. Ein Knöchel knackte und er band sich das Schwert zurück an die Hüfte. »Sie hat mir noch nie geholfen. Mich immer nur enttäuscht.«

»Dieses Mal wird es anders sein.« Kaiji verpuffte. Nebelschwaden zogen durch die Dunkelheit zwischen denen die Wahrheit leuchtete wie ein verbotenes Juwel. Sie war da und doch so unerreichbar fern. Sie legte einen Finger auf seine Lippen, ohne zu erscheinen. Nur ihre Augen, die Runenwahrheit leuchteten. Er drehte den Kopf zur Seite.

»Kämpft heute nicht. Kämpft auch nicht morgen.«

»Wenn wir uns ergeben, verlieren wir unsere Heimat. Unser Land!« Seine Stimme hallte durch die Kammer und doch beeindruckte sie die Wahrheit nicht. Sie glomm noch immer.

»Wenn ihr kämpft, verliert ihr so viel mehr.« Nathaniel knirschte mit den Zähnen. Seine Muskeln spannten sich an. »Keine voreiligen Schlüsse.«

Einen Moment starrten sie einander an. Sie in den Sturm seiner Augen, der so voller aufgewühlter Gefühle war. Er in ihre Augen, die grell und dennoch warm blickten. Dann stieß er ein langes Seufzen aus und ließ die Arme fallen. »Was empfiehlst du also? Wenn es weder der Kampf noch Ergebung sein soll? Was sagt dir meine Wahrheit?«

»Du bist ein schlauer Mann, Nathaniel. Frustriert, aber schlau. Ein starker Kämpfer in dessen Armen man sich wohl fühlt und vor dessen Schwert man sich fürchtet. Die Männer auf See kennen dich. Deine Ruhe in der Schlacht, wenn du weißt, der Sieg ist euer.«

Eine weitere Wahrheit, die die Magie ihr verriet. In ihrem Turm mochte sie es nicht mitbekommen, aber die Wahrheit hatte es gesehen und die Wahrheit schenkte ihr eine Bilderflut vergangener Erfolge: Bilder von Schlachten und Kämpfen, zitternde Kämpfer und Magier, Augen, die leuchtend zu ihm aufsahen. Es waren Momentaufnahmen, aber jeder einzelne Moment stützte ihre Worte: Nathaniel wusste, was er tat – und war deshalb so ungehalten, dass der König ihm hier nicht vertraute.

»Komm zum Punkt.«

»Ein Bluff«, sagte Kaiji und erschien vor ihm. Sie lächelte und wandte den Blick zur Empfangshalle des Turms. Das Fenster konnte sie nicht sehen. Aber ihr war, als wehte ein Wind zu ihnen und brachte den Geruch von Regen und Anspannung mit sich.

»Ein Bluff?« Er lachte hohl. »Wie soll uns das helfen, wenn vor den Toren ganze Kriegsschiffe liegen, die uns aushungern? Ein Schuss und diese

Mauern werden niedergerissen.«

Sie senkte sein Kinn, bis sich ihre Blicke trafen. »Das ist die Kunst. Die Wahrheit hat gesprochen und die Wahrheit sagt: Zeigst du dich kühl, ruhig und unnahbar, wird dieses Reich nicht fallen.«

»Und wie sieht diese Wahrheit das vor?«

Kaiji schüttelte den Kopf. »Die Wahrheit gibt nur die richtige Antwort, keinen Weg dorthin.«

Nathaniel löste sich von ihr und strebte der Tür entgegen. Kaiji hielt ihn nicht auf. Es war alles gesagt. »Also doch nur billige Tricks.«

»Sieh es, wie du möchtest.« Sie zuckte mit den Schultern. »Aber vielleicht ist ein ruhiger Spaziergang mit einer feinen Dame eine schöne Szenerie?«

Nathaniel wirbelte herum. Seine Augen blitzten, die Zähne gebleckt. »Ich soll ...«, er verstummte. »Ein Bluff.«

Kaiji lächelte und verbeugte sich. »Komm wieder, wenn du eine neue Wahrheit brauchst.«

Die Nebel umhüllten sie. Magie kribbelte in

ihrem Körper. Etwas rauschte. Dann verschwand sie und mit ihr das Leuchten im Raum und das letzte Glimmen der Wahrheit. »Und grüße den König von mir.« Sie hatte ihn viel zu lange nicht mehr gesehen.

»Wenn es klappt!«, rief Nathaniel in die Leere ihres Turms. »Nur dann, Trickserin.«

Oh, das würde es. Die Wahrheit hatte es gesehen. Die Luft war frisch und frei und Kaiji schmeckte nichts als Salz auf ihren Lippen. Das würde es.

Kapitel 2

Stille herrschte im Innenhof.

Das Befehlsgeflüster war abgeebbt. Der Staub verschwunden. Zurück waren Männer und Frauen geblieben, deren Rüstungen und Waffen magisch funkelten und die stocksteif durch den Hof eilten. Die Stille war gespenstisch. Eine, die Kaiji nur aus ihrem Turm kannte. Und eine, die nicht zum Hochgefühl passen wollte, das noch immer ihren Körper berauschte. Nathaniel war gegangen, aber in der Luft lag noch immer sein Geruch, ihre Brust schwebte noch im Nachklang seiner rauen Hände.

Die See glitzerte in der Ferne wie die Funken der Wahrheit in der Dunkelheit. Eine schwache Brise trug den Geruch von Salz an ihre Nase, der ganz langsam die Reste Nathaniels Duft übertünchte. Neben Salz roch sie auch etwas anderes: Nervosität.

So beißend, dass sich die Härchen auf ihren Armen aufstellten und der Nachklang der Lust platzte, ehe sie richtig in ihr hatte schwelgen können.

Das letzte Mal, dass es so intensiv nach Nervosität gerochen hatte, lag lange zurück. Länger noch, als sie in diesem Turm verweilte und vor ihren Augen tobten die Flammen ihrer Magie auf offener See. Kaiji schüttelte das Bild ab. Erinnerungen an eine Zeit, die einmal war und nie wieder sein konnte.

»Seid nicht nervös«, flüsterte sie. Niemand konnte sie hören. Nur sie selbst und der Nebel. Es interessierte sie nicht. Kaiji kommentierte gerne, was sie von ihrem Turmfenster aus sehen konnte. »Es gibt keinen Grund dazu.«

Fanfaren hallten durch die Stille. Drei kurze Töne, die die Ruhe zerrissen und die Männer und Frauen innehalten ließen. Sie salutierten gestelzt. Dann traten zwei Silhouetten aus dem Schatten des Turms.

Kaiji schmunzelte. Ein bloßer Spaziergang auf der Mauer mit einer Dame am Arm hätte schon für Aufsehen gesorgt. Diesen aber mit Musik und Tamtam anzukündigen, war etwas ganz anderes.

»Schau, er hat den Gedanken weitergesponnen.« Der Nebel blinzelte neugierig durch das Fenster. »Er hat sich richtig was einfallen lassen.«

Eine dritte Silhouette eilte herbei und spannte einen Sonnenschirm über dem Kopf der Dame auf, ehe er ihn an die zweite Silhouette reichte. Von hier oben konnte Kaiji nicht erkennen, ob es tatsächlich Nathaniel selbst war, der nun der Dame galant den Arm anbot. Dennoch lächelte sie, als sein Blick zu ihr hinaufglitt.

Er führte die Dame an seiner Seite durch den Innenhof. Vorbei an Waffenständern und Zelten, an Beeten und Blumen, die ihr Grün verloren hatten und matt und grau aus dem Boden stachen. Der Tag hatte zu viel Staub aufgewirbelt.

Die Treppe die Mauer hinauf lag auf der anderen Seite des Hofs und mit jedem Schritt, den sie näher kamen, wuchs ihr Unbehagen. Die weiße Schminke im Gesicht der Frau vermochte es nicht zu verbergen, nur zu verschleiern und die Anspannung im Körper des Mannes verriet auch ihn. Es würde keinen Unterschied machen, so lange sie sich die Mauer hinaufwagten und eine Runde gingen. Die Magie hatte es gesehen und Kaiji hörte die Lichtmale auf ihrer Haut flüstern: *Geht nur, geht!*

Das Kribbeln in ihrem Inneren kehrte zurück und sie strich abwesend über ihre Brust. Der Stoff kitzelte über ihre Knospen. Es waren keine rauen Finger und doch das nächste, was an sie heranreichte.

Sie seufzte leise.

»Wärst du gerne die Dame an Nathaniels Seite gewesen?«, fragte der Nebel. Im Reigen aus magischen Kribbeln und absoluter Wahrheit wirkten die Worte viel zu ehrlich.

»Ist er es denn?« Sie kniff die Augen zu schmalen Schlitzen zusammen. Der Mann trug keine Rüstung, sondern ein Hemd und Beinlinge, die seinem Körper schmeichelten. Nichts daran erinnerte sie an den Feldherren, der sie vor einigen Stunden aufgesucht hatte. Nicht einmal der Dolch, der sich an seine Hüfte schmiegte und bei jedem Schritt über die Mauer vor und zurück wogte. Es könnte jeder sein – ein einfacher Krieger, ein Magier, ein Adelssohn oder doch Nathaniel. Nur den König schloss sie aus. Ihn hätte sie auch von hier oben unter hunderten anderen wiedererkannt.

Der Nebel schwieg.

»Selbst wenn ich es sein wollte«, Kaiji schüttelte den Kopf. »Wir dürfen den Turm nicht verlassen.

Soll die Magie absolut wirken, darf ich kein aktiver Teil der Welt mehr sein. Ich bin nur ein Medium.«

»Ich weiß«, sagte der Nebel. Und dennoch: »Vermisst du es nicht manchmal? Er war so anders als die anderen.«

Kaiji lachte leise. Das war keine Frage, die sie sich stellen durfte. »Er hat mich an den König erinnert. Sie beide waren skeptisch am Anfang.«

Und mit beiden war der Sex etwas gewesen, an das sie sich gerne erinnerte.

Manchmal kam es ihr so vor, als läge das Gespräch im Thronsaal erst einige Tage zurück. Dabei waren inzwischen Jahre vergangen. Jahre, die an ihr als Magierin spurlos vorbeigegangen waren. Am König jedoch… Kaiji hatte ihn lange nicht mehr gesehen. Und ihn vermisste sie tatsächlich. Ihre Zeit auf See, ihre gemeinsamen Gefechte. Ihre tiefe Verbundenheit. Aber die Suche nach der Wahrheit war etwas ganz Besonderes. Das Sehnen, das Kribbeln, die pure Lust. Kaiji war bereit, zu vermissen, wenn diese Macht sie dafür weiter begleitete und sie das Reich sicher wusste. Und mit dem Reich auch ihn.

Der Mann und die Dame verschwanden aus ihrem Blickfeld. Genauso wie an den König würde sie auch an Nathaniel noch einige Zeit denken. Es hatte ihr mit ihm gefallen.

»Aber nun komm«, sagte sie. Sie hatten genug gesehen. »Die beiden flanieren, die Schiffe lösen ihre Blockade. Sie werden bald verschwinden.«

Der Wind blies harsch in ihr Turmzimmer und der Geruch von Regen verdrängte alles andere.

Epilog

Der Aufgang zum Turm lag in tiefer Dunkelheit, aus der nur die ersten Steinstufen und das Geländer herausstachen. Es war so schlicht, dass es zwischen den hohen Gängen, Wandteppichen und der Vielzahl der Reliefs entlang des Mauerwerks unterging. Nur eine dunkle Ecke in einem Gang, den kaum einer betrat.

Einmal war es ihr Wunsch gewesen, so abgeschottet zu leben. Über die Jahre hinweg hatte es sich für ihn eher so angefühlt, als würde er seine gute Freundin und Beraterin aus seinem Leben streichen.

Er seufzte und versuchte, sich an sie zu erinnern. Doch das einzige Bild was kam, war der Sturm ihrer Augen in einem verschwommenen Gesicht. Er hatte sie viel zu lange nicht mehr gesehen: Es war nicht mehr seine Wahrheit, die die Zukunft Gales sicherte.

Ich werde in den Turm ziehen, mein König. Komm nicht zu mir, wenn Ihr die Wahrheit nicht braucht, hatte sie damals gesagt. Ihre Augen waren erfüllt von Zuversicht, einer Spur Trauer und etwas gewesen, das er nie richtig einzuordnen gewusst hatte.

Aber wirst du nicht einsam sein? Er hatte ihre Hand gehalten und sie gedrückt. Es war nicht nur um sie gegangen: Auch er wäre es ohne sie.

Ich hab meinen Nebel. Und keine Information darf zu mir durchdringen. Die Wahrheit ist mächtig und allumfassend. Aber nur, wenn ich unwissend ob

der Probleme bleibe und die Magie sich auf mir un-
voreingenommen entfalten kann.

Sie hatte ihm einen letzten Kuss geschenkt, ein langes Lächeln und war in der Dunkelheit dieser Treppen verschwunden. Und er war versucht gewesen, es einfach zu ignorieren und doch zu ihr zu kommen. Aber sie hatte recht und ihre nächsten Wahrheiten bewiesen es: So schwammig ihre ersten sich angefühlt hatten, so punktgenau waren sie geworden, seitdem sie sich zurückgezogen hatte.

Seine Hand berührte das Geländer. Altes Holz des letzten Schiffes, auf dem sie gemeinsam waren, ehe sie ihm im Thronsaal ihre Absichten eröffnet hatte. Es war ein Funken Erinnerung und manchmal kam er nur hierher, um das Geländer zu berühren, weil er sie nicht mehr berühren konnte.

Die Wahrheit ist ein mächtiger Verbündeter, hörte er sie sagen. Etwas streifte ihn an der Schulter und für einen kurzen Moment erinnerte er sich an ihre sanften Berührungen. Er lächelte.

Es war nicht sie. Nur der Regen, der durch die Decke tropfte. Dieser Teil der Burg war unbelebt wie alt, er würde jemanden schicken müssen, um das Dach zu reparieren.

»Gale ist sicher«, sagte er in die Dunkelheit. Nun hörte er auch das Trommeln der Tropfen. Doch so angenehm es auch war, in ihm löste es eine Schwere aus, die auf seinen Schultern lastete. »Die Schiffe sind verschwunden.«

Er wusste nicht, ob es der Spaziergang auf der Mauer gewesen war, der genug Gleichgültigkeit demonstriert hatte, oder ob es der Gewittersturm gewesen war, der die Inselräuber zur Flucht gezwungen hatte. Vielleicht hatte der Spaziergang auch einfach genug Zeit erkauft, dass Sturm und zornige Wellen an ihrer statt gegen die Schiffe gekämpft hatten. Letztlich war es aber auch egal. Sie hatten nicht gekämpft und Gale war noch immer sicher.

»Was würde ich nur ohne dich tun?« Er klopfte

gegen das Geländer. »Danke, Kaiji. Für alles.«

Er vermisste sie dennoch und manchmal keimte in ihm die Frage, was wohl passieren würde, gäbe er die Krone ab und zog sich mit ihr zusammen in den Turm zurück.

Er klopfte ein weiteres Mal gegen das Geländer und ging. »Vielleicht irgendwann.«